AF360170

VENTE PAR SUITE DE DÉCÈS

DES

TABLEAUX, ÉTUDES, ESQUISSES & DESSINS

PAR FEU

ALEX. MARCEL

ÉLÈVE DE INGRES

Quelques objets de curiosité

GRAND CARTEL LOUIS XV

Miniatures — Agrafe en argent — Faïences

Verrerie ancienne

SEPT DESSINS PAR INGRES

Gravures — Ustensiles d'atelier de peintre

DONT LA VENTE AURA LIEU PAR SUITE DE DÉCÈS

HOTEL DROUOT, SALLE N° 6

Le Lundi 8 Février 1886

A 2 HEURES

COMMISSAIRE-PRISEUR	EXPERT
Mᵉ PAUL CHEVALLIER	**M. B. LASQUIN**
10, rue Grange-Batelière, 10.	12, rue Laffitte, 12.

Chez lesquels se trouve le présent Catalogue.

EXPOSITION PUBLIQUE

LE DIMANCHE 7 FÉVRIER 1886

DE 1 HEURE A 5 HEURES

HONOS
ADITUS
IMPRIMERIE DE KARÉ

CATALOGUE

DES

TABLEAUX, ÉTUDES, ESQUISSES & DESSINS

PAR FEU

ALEX. MARCEL

ÉLÈVE DE INGRES

Quelques objets de curiosité

GRAND CARTEL LOUIS XV

Miniatures — Agrafe en argent — Faïences

Verrerie ancienne

SEPT DESSINS PAR INGRES

Gravures — Ustensiles d'atelier de peintre

DONT LA VENTE AURA LIEU PAR SUITE DE DÉCÈS

HOTEL DROUOT, SALLE N° 6

Le Lundi 8 Février 1886

A 2 HEURES

COMMISSAIRE-PRISEUR	EXPERT
Me PAUL CHEVALLIER	**M. B. LASQUIN**
10, rue Grange-Batelière, 10.	12, rue Laffitte, 12.

Chez lesquels se trouve le présent Catalogue.

EXPOSITION PUBLIQUE

LE DIMANCHE 7 FÉVRIER 1886

DE 1 HEURE A 5 HEURES

CONDITIONS DE LA VENTE

Elle sera faite au comptant.

Les adjudicataires payeront *cinq pour cent* en sus des enchères.

L'exposition mettant le public à même de se rendre compte de l'état des objets, aucune réclamation ne sera admise une fois l'adjudication prononcée.

Paris. — Imp. de l'Art. E. MÉNARD et J. AUGRY
41, rue de la Victoire, 41

DÉSIGNATION

DESSINS DE INGRES

INGRES

1 — *Portrait de M. Bénard.*

Représenté en pied, de face, revêtu d'une houp-
pelande à brandebourgs, ouverte et laissant voir
l'habit, sous lequel passe une chaîne avec bre-
loques, la main droite posée sur la hanche, appuyé
de l'autre main sur une canne et tenant son cha-
peau.

Fond de monuments et de ruines antiques.

Très beau dessin à la mine de plomb au bas
duquel on lit à gauche : *Ingres. Line,* et à droite :
Rome, 1818.

Hauteur de la figure. 35 cent.

INGRES

2 — *Portrait de Mme Bénard, depuis baronne de Papenheim.*

De face, en pied, revêtue d'un cachemire retombé à la hauteur de la taille et recouvrant la jupe de la robe, elle tient une ombrelle ouverte passée sur le bras droit et baissée derrière le dos ; coiffée de la grande capote, en corsage noir avec col de mousseline, un binocle et un médaillon retenus par un cordon passé autour du cou. Au fond, on aperçoit l'église Santa Trinita dei Monti et quelques monuments de Rome.

Beau dessin à la mine de plomb. Signé à gauche : *Ingres fecit*, et à droite : *Rome*, 1819.

Hauteur de la figure, 41 cent.

INGRES

3 — *Portrait de Mme Bénard, baronne de Papen-heim.*

Représentée assise, vue à mi-jambes, tête nue, coiffure à bandeaux, les deux mains posées sur ses genoux, en corsage montant avec large ceinture, un manteau bordé de fourrure jeté sur les épaules.

Dessin à la mine de plomb légèrement rehaussé de blanc. Signé à droite : *Ingres fecit*, 1826.

Hauteur de la figure, 25 cent.

INGRES

4 — *Portrait d'une jeune fille.*

Assise dans un fauteuil, les mains croisées sur les genoux.

Dessin à la mine de plomb. Signé au bas, à droite : J. Ingres. Naples, 1813.

Hauteur du dessin, 24 cent.

INGRES

5 — *Étude pour l'Odalisque.*

La tête seule est terminée, le bras gauche est relevé à la hauteur de l'épaule, la main passée derrière le cou, le bras droit retombant le long du corps; à côté, une étude de bras avec main, deux bras repliés et deux mains.

Dessin à la mine de plomb non signé.

Hauteur dn dessin, 33 cent

INGRES

6 — *Portraits de Mme Bénard et de ses parents.*

Au centre, vue de face, Mme Bénard accoudée sur une table, le menton appuyé sur la main gauche; à droite et à gauche, de profil et se regardant, son père et sa mère.

Dessin à la mine de plomb. Signé au bas, à gauche : Ingres, mars 1820.

Haut., 16 cent.; larg., 15 cent

INGRES

7 — *Portrait de jeune femme de profil à gauche.*

Assise devant une table, accoudée du bras gauche et le menton appuyé sur la main.
Croquis à la mine de plomb non signé.

Hauteur de la figure, 11 cent.

INGRES

(Attribué à).

8 — *Portrait d'une jeune fille.*

Dessin au crayon rehaussé de blanc.

INGRES

(Attribué à).

9 — Dessin à la mine de plomb reproduisant un bas-relief antique de trois figures de profil à droite.

ŒUVRES de M. ALEXANDRE MARCEL

ÉLÈVE DE INGRES

10 — *Personnage turc.*

> Grandeur naturelle. Figure du Lambro dans *Don Juan.*

11 — *La Nuit de la Saint-Barthélemy : L'Assassinat de l'amiral de Coligny.*

12 — *Intérieur de harem.*

13 — *Le Pape Léon X dans l'atelier du Titien.*

14 — *Scène tirée d'« Hernani ».*

15 — *Réunion florentine au XVIᵉ siècle.*

16 — *Les Funérailles d'un chevalier au XVᵉ siècle.*

17 — *Le Jugement de Salomon.*

18 — *L'Entrée du harem.*

19 — *La Source.*

20 — *Bacchus et Ariane.*

35 — *La Saint-Barthélemy.*

36 — *La Sultane au perroquet.*

37 — *La Baigneuse.*

38 — *Dames romaines*

39 — *Nymphe endormie.*

40 — *Satyre et l'Amour.*

41 — *Pacha en buste.*

42 — *Amours voltigeant.*
   Étude pour plafond ovale.

43 — *Venus et Amours.*

44 — *Femme nue couchée dans un paysage.*

45 — *Hercule soutenant une nymphe.*

46 — *Portrait en buste d'une jeune femme, coiffée d'une toque noire à plume rouge.*

47 — *Vierge et Jésus dans un paysage.*

48 — *Les Parques.*

49 — *Trois Enfants feuilletant un livre.*

50 — *La Descente de croix.*

51 — *Femme à demi nue, couchée, les bras croisés sur la tête.*

52 — *Réfugiés dans une grotte.*

53 — *Savant à l'étude.*

54 — *Portrait d'un artiste.*

Cadre sculpté.

55 — *Cheval arabe.*

56 — *Paysage avec rochers ; soleil couchant.*

57 — *Château oriental avec mosquée.*

58 — *Paysage d'Italie.*

ESQUISSES

59 — *Milon de Crotone.*

60 — Deux esquisses sur la même toile ; sujets historiques.

61 — *Ariane, Bacchus et l'Amour.*

62 — Petit paysage historique.

63 — Grand paysage d'Italie.

64 — *Les Joyaux.*

> Sujet du xv⁰ siècle.

65 — *Judith.*

66 — *Femme nue tenant une fleur.*

67 — *Le Sommeil de Vénus.*

COPIES

68 — Dix-sept copies ou études, d'après Rembrandt, Velazquez, Le Titien, Metzu, Rubens, Jordaens, van der Helst. (Ce lot sera divisé.)

DESSINS

69 — *Dames romaines.*

> Dessin à la sanguine, de forme ovale.

70 — Dessins à la sanguine en feuilles : sujets divers et études.

71 — Dessins au fusain en feuilles : paysages et
sujets.

72 — Études et académies.

GRAVURES

73 — Gravure de Aug. Boucher Desnoyers,
d'après le Poussin : *Éliezer et Rébecca*. Gravure du même, d'après Raphael : *la Vierge
au donataire*.

74 — Suite de douze eaux-fortes par F. Milius,
pour l'illustration de *Fortunio*, par Th. Gau-
tier.

> Édition de la Société des Amis des livres.
> Belles épreuves d'artiste sur Japon, avec remar-
> ques et avant la lettre.

75 — Sept portefeuilles de gravures, vignettes,
portraits, etc., anciennes et modernes.

76 — *Description de l'Égypte*. Un vol. in-fol.

77 — *Tableau de l'École anglaise.*

> Jeune fille en buste, en robe blanche et écharpe
> jaune, caressant un pigeon.

CURIOSITÉS

78 — Grand et beau cartel du temps de Louis XV, en bronze redoré, d'une grande richesse d'ornemen·tation.

Le cadran est placé dans un encadrement de rocailles soutenu par la figure du Temps, assis sur des nuages.

Au-dessus, une figure allégorique, tenant un album ouvert, est assise dans un motif ornemental formant le fronton.

Des guirlandes de fleurs retombant en contours gracieux forment l'encadrement général de cette importante pièce.

A figuré à l'Exposition universelle de 1855, à Paris.

Haut., 1 m. 25 cent.; larg., 85 cent.

79 — Jolie miniature ovale sur ivoire : portrait de jeune femme de la fin du xviiie siècle ; de trois quarts à gauche. En buste, corsage blanc pointillé de bleu, chevelure blonde frisonnée, coiffée d'une écharpe disposée en turban à la turque. Entourage en or.

80 — Petite miniature ovale sur ivoire, époque Louis XVI, en buste, corsage bleu décolleté, Chevelure frisée.

81 — Belle agrafe de ceinturon circassien en fili-
grane d'argent doré, formée de trois rosace est
de palmettes ornées de cabochons.

82 — Miniature à l'huile, par Canevari : portrait du
duc d'Urbin d'après le Titien.

83 — Petite coupe en faïence de Palissy, de forme
ronde, à bord festonné, décorée de mascarons
et de feuillages en relief.

84 — Petite coupe en verre de Venise, rehaussé de
dorure, du xvɪe siècle, avec monture en argent
terminée par un grelot.

85 — Grand verre gravé à armoiries du xvɪɪe siècle,
et deux autres verres gravés.

86 — Aiguière turque en cuivre argenté, ornée de
rosaces émaillées.

87 — Vase à panse sphérique et à col évasé, en
ancien métal persan incrusté d'ornements en
argent.

88 — Deux cadres Louis XIV, en bois sculpté et
doré.

89 — Portière en velours brodé, du xvɪe siècle.

90 — Chevalets, planches à dessin, boîte à couleurs,
palettes, mannequin articulé et divers ustensiles
d'atelier de peintre.